Pour Nicolas

Je remercie Philippe Brochard, historien médiéviste, pour ses conseils

Loi numéro 49 956 du 16 juillet 1949 sur les publications destinées à la jeunesse : septembre 1994
Dépôt légal : février 1996
Imprimé en France par Maury imprimeur à Manchecourt

Eddy Krähenbühl

LA VIE DE CHÂTEAU

Texte d'Eddy Krähenbühl et de Pierre Bertrand

ARCHIMÈDE

l'école des loisirs

11, rue de Sèvres, Paris 6e

Vincent et son ami Nicolas sont venus passer deux jours chez l'oncle Jean et la tante Martine. L'oncle Jean est le gardien d'un château fort du Moyen Âge !

Les deux amis jouent dans le grenier plein de trésors. Dans une malle, ils découvrent de vieux costumes et décident de se déguiser. Mais de la poussière à remonter le temps était déposée sur leurs vêtements, et hop ! les voici au treizième siècle…

Dehors, tout a changé ! La route goudronnée a disparu, remplacée par un étroit chemin de terre. Plus de parking, mais un grand pré où un garçon de leur âge garde les moutons.

– Bonjour, leur dit le pâtre avec un drôle d'accent, comment vous appelez-vous ?

– Je suis Nicolas, et voici Vincent.

– Je m'appelle Colin, j'habite au château. Venez avec moi, je rentre.

Il crie : « Oooh ! du château ! Faites entrer ! »

Et le lourd pont-levis s'abaisse dans un grincement.

Le pont-levis permet de franchir les douves remplies d'eau qui entourent le château. La herse, une lourde grille de fer, a été relevée pour les laisser passer. Des soldats gardent l'entrée : ils ont l'air terrible, avec leur casque, leur cotte de mailles, leur lance et leur lourde épée.

Dans la cour, on se croirait dans un livre d'histoire !
C'est un vrai petit village caché derrière les murs :
des masures couvertes de chaume, sans même une cheminée.
La cour grouille de poules, de canards et de gros
cochons noirs qui vont et viennent.
Il y a des chevaux, et même un âne.

– Je vais faire boire les moutons et les rentrer dans l'enclos, explique Colin. Peux-tu tirer de l'eau ? demande-t-il à Vincent.

En vain, Vincent cherche le robinet. Colin rit de son étourderie.

– Le puits est devant toi, ne le vois-tu pas ?

Colin les conduit chez lui. À l'intérieur, il fait très sombre.

– Où allume-t-on la lumière ? demande Vincent.

– La lumière ? répond Colin. Il suffit de jeter une brassée de branches dans le feu quand on a besoin d'y voir clair.

– Mais comment fais-tu tes devoirs ? insiste Nicolas. Tu ne vas donc pas à l'école ?

– L'école ? s'étonne Colin. Où est-ce ?

Vincent et Nicolas sont très surpris.

– C'est là où l'on apprend à lire et à écrire, dit Vincent. Ne le sais-tu pas ?

– Lire et écrire ? s'exclame Colin. À quoi cela nous servirait-il ?

Décidément, ses amis sont bien étranges.

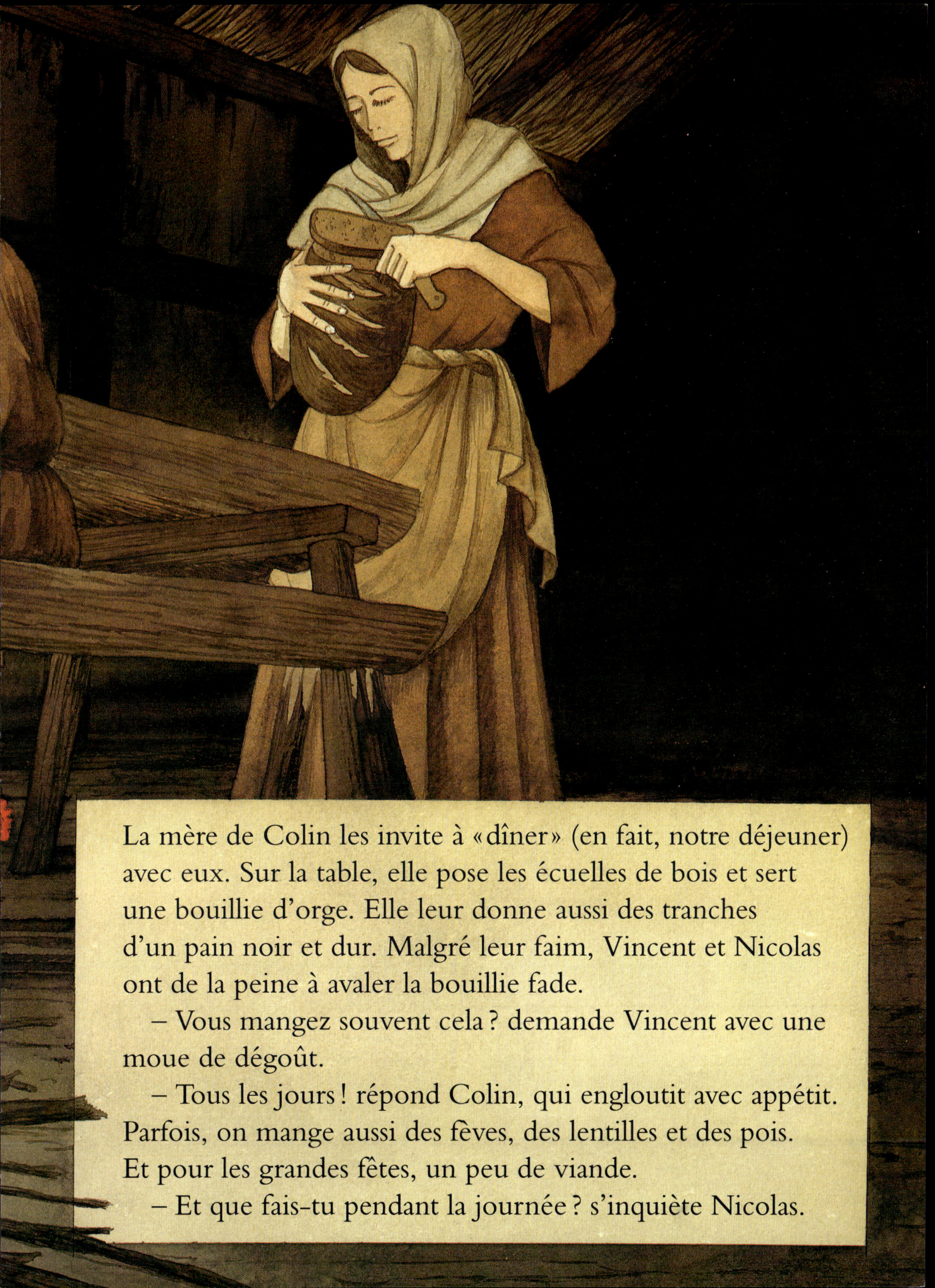

La mère de Colin les invite à «dîner» (en fait, notre déjeuner) avec eux. Sur la table, elle pose les écuelles de bois et sert une bouillie d'orge. Elle leur donne aussi des tranches d'un pain noir et dur. Malgré leur faim, Vincent et Nicolas ont de la peine à avaler la bouillie fade.

– Vous mangez souvent cela ? demande Vincent avec une moue de dégoût.

– Tous les jours ! répond Colin, qui engloutit avec appétit. Parfois, on mange aussi des fèves, des lentilles et des pois. Et pour les grandes fêtes, un peu de viande.

– Et que fais-tu pendant la journée ? s'inquiète Nicolas.

– J’emmène le troupeau dans les prés ou dans la forêt. À l’automne, je ramasse des châtaignes, des noix et du bois pour le feu, j’enlève les cailloux des champs.

– Euh… font Vincent et Nicolas, qui enviaient leur ami de ne pas aller à l’école.

– Heureusement, conclut Colin, je trouve toujours un peu de temps pour jouer avec les autres enfants du château.

Vincent et Nicolas s’habituent à la pénombre. Non loin d’eux, ils aperçoivent un lit de paille et de feuilles sèches. Les poules se promènent sous la table et l’âne vit dans la maison. En hiver, on rentre même les moutons et le cochon.

Colin leur propose de sortir. Il était temps ! Vincent et Nicolas ont grand-peine à terminer leur bouillie et la fumée leur pique les yeux.

Le cousin de Colin est apprenti chez le forgeron. C'est lui qui actionne le gros soufflet pour aviver le feu. Il est vêtu d'un tablier de cuir.

Vincent et Nicolas observent le travail.

– Ici, on fabrique et on répare tous les outils du château, explique le cousin. On forge des haches, des faucilles, des pics, des socs de charrue et des armes. On cercle les tonneaux, on ferre les chevaux.

Tout l'atelier retentit des coups de marteau de Perroz, le forgeron.

Quel vacarme !

Un peu plus loin, le menuisier fabrique des sabots pour l'hiver. Il fait aussi des outils en bois, des coffres, des bancs, des charrettes et des tonneaux. Sa fille tresse des paniers d'osier.

– Que font les autres filles ? interroge Nicolas.

– Nous gardons les oies, les cochons ou les enfants, explique l'une d'elles. Nous filons la laine, nous tissons, et nous lavons le linge à la rivière.

– À la rivière ? s'étonne Vincent.

– Bien sûr ! répond une autre. Pendant les moissons et les vendanges, nous travaillons aussi aux champs et dans les vignes, comme tout le monde.

Les filles se regardent, étonnées : qui sont ces garçons qui savent si peu de choses ?

À l'écurie, le palefrenier nourrit
et brosse les chevaux.
Là, Vincent et Nicolas rencontrent
Thibaud, le fils du seigneur Arnaud,
venu voir son cheval.
Thibaud, très fier du château de son
père, leur propose de visiter la haute
cour, où habitent le seigneur,
ses serviteurs et ses gens d'armes.

Il faut encore franchir un pont-levis et une herse pour pénétrer dans la haute cour. Enfin, ils sont devant le donjon, la plus haute tour du château.

– C'est ici que tu habites ? demandent Vincent et Nicolas.

– Oui, venez avec moi.

Ils montent un escalier très raide et passent sur un dernier pont-levis. Les voici au premier étage du donjon.

– En voilà des gens prudents, se dit Nicolas.

Il y a des ponts, des grilles et des soldats partout : bien des dangers rôdent au-dehors.

Après le pont-levis, ils pénètrent dans la salle d'armes. C'est ici que l'on entrepose les armes et que les soldats mangent et s'abritent. Au-dessous se trouvent les réserves de nourriture et, plus bas encore, le cachot.

– Le cachot ? s'étonnent les deux amis. Y a-t-il des prisonniers ?

– Un seul en ce moment, répond Thibaud.

– Y as-tu déjà été ? demande Vincent.

– Oui, une fois. Pour me punir d'avoir désobéi, mon père m'a enfermé deux jours au pain sec et à l'eau.

Les deux garçons frissonnent : c'est pire que d'être privé de télé !

– Peut-on aller voir ? demandent-ils, excités de curiosité.

– Oh non, répond Thibaud désolé. Il fait trop noir.

Un étroit escalier en colimaçon les conduit à l'étage au-dessus, dans la grande cuisine où brûle un bon feu. Un garçon bat le beurre et une femme pétrit de la pâte à pain.

– C'est ici que l'on prépare à manger pour tout le château, explique Thibaud: ma famille, les gardes et les serviteurs.

La viande ne manque pas dans la cuisine du seigneur, car la chasse a été bonne.

Un étage plus haut, les voici dans la grande salle où vit la famille du seigneur. Un grand lit à baldaquin occupe la pièce.

– C'est ici que nous mangeons, que nous nous lavons et que nous veillons, le soir, dit Thibaud. Nous dormons tous dans le lit, mon père, ma mère, mes deux sœurs et moi, pour nous tenir chaud.

– Très peu pour moi ! se dit Nicolas, qui pense à sa petite chambre, à son bureau, à ses livres, à ses Légo et à ses peluches…

Les deux garçons sont curieux de connaître les occupations de Thibaud.

– Gardes-tu aussi les moutons ? demande Vincent.

Thibaud se vexe :

– Te moques-tu ? Plus tard, je veux être un grand chevalier. Mon père m'apprend à monter à cheval et je m'entraîne au combat avec des jeunes gens de mon âge.

Justement, des hommes s'entraînent hors du château. Certains apprennent à combattre à cheval, d'autres à tirer à l'arc.

À la quintaine, un des cavaliers commet une maladresse. Le mannequin pivote et lui inflige un coup de massue.

– Mais ce sont des ados ! s'exclament Vincent et Nicolas.

– Des ados ? répète Thibaud. Là-bas, c'est Radulf, l'écuyer de mon père. Il a quinze ans et va bientôt être adoubé. Il sera alors chevalier.

– À quinze ans ? s'étonne Vincent.

– Bien sûr ! répond Thibaud. Et ma sœur, qui va avoir treize ans, va bientôt se marier.

– Çà alors ! s'écrient les deux amis.

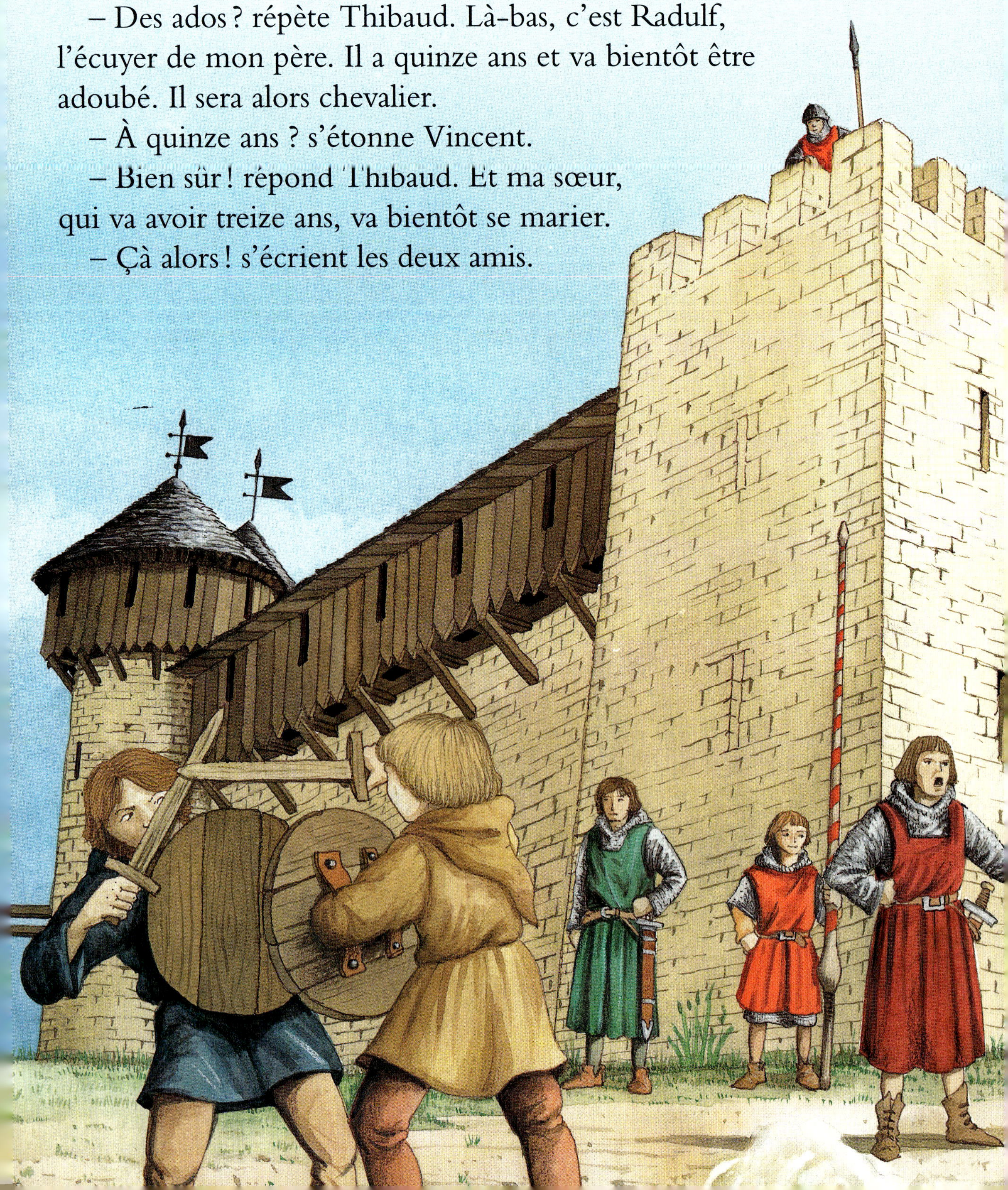

Le seigneur Arnaud invite Vincent et Nicolas à souper avec eux, tant qu'il fait encore jour. Les deux garçons de cuisine dressent la table : ils posent une planche sur les tréteaux et la recouvrent d'une nappe.

Vincent et Nicolas sont bien embarrassés : on leur sert leur repas sur une tranche de pain et ils doivent se servir avec les doigts. Pour se rincer, il y a une bassine d'eau chaude et parfumée.

Mais les deux amis s'habituent vite : un pique-nique au Moyen Âge, quelle aventure extraordinaire ! Après le pot-au-feu, on leur sert des pâtisseries au miel et une tisane également au miel, car le sucre est rare et cher.

– Allons faire un tour sur le chemin de ronde avant qu'il fasse nuit, propose Thibaud.

Là, une légère brise se lève, et le vent emporte la poussière magique qui recouvrait les habits de Vincent et de Nicolas.

Soudain, les deux garçons se retrouvent au temps présent.

La tante Martine les appelle.

– Où étiez-vous passés ? Cela fait un moment que je vous appelle. Allons, ôtez ces costumes et venez manger.

– Encore manger ! soupire Nicolas.

Vincent et Nicolas entrent dans la cuisine douillette.
La télé est allumée et la table est mise.
Une surprise les attend.

– Oh ! des crêpes ! On va se régaler !

Tour d'angle
Créneau
Merlon
Chemin de ror
Maison de Colin
Forge
Grange
Puits
Barbacane
Fossé
Herse
Meurtriè
Pont-levis

Donjon
Haute cour
Hourd
Écuries
Basse cour
Quintaine
Courtine